KB120136

바람
그리기

바
람

그
리
기

초판 1쇄 인쇄일 2016년 11월 24일
초판 1쇄 발행일 2016년 12월 1일

지은이 성봉수
펴낸이 양옥매
디자인 남다희
교　정 조준경

펴낸곳 도서출판 책과나무
출판등록 제2012-000376
주소 서울특별시 마포구 방울내로 79 이노빌딩 302호
대표전화 02.372.1537　**팩스** 02.372.1538
이메일 booknamu2007@naver.com
홈페이지 www.booknamu.com
ISBN 979-11-5776-320-7(03810)

이 도서의 국립중앙도서관 출판시도서목록(CIP)은 서지정보유통지원 시스템
홈페이지(http://seoji.nl.go.kr)와 국가자료공동목록시스템
(http://www.nl.go.kr/kolisnet)에서 이용하실 수 있습니다.
(CIP제어번호 : CIP2016027966)

바람 그리기

성봉수 지음

책과나무

사내는

골방 습한 요 위에 폐병쟁이처럼 누워 있을 거다.

감춰 둔 궐련이 떨어지고 나면

아편의 금단처럼 한 모금의 끽연을 위해

재떨이에 쌓인 수북한 꽁초들을 뒤적거릴 거다.

여자는 식은 밥 한 덩이에 짠 무 몇 점을 얹어 던져 주고

귓구멍이 얼얼하도록 신세타령을 늘어놓을 거다.

대개는 밥알을 헤아리거나 유행가를 중얼거리겠지만

어쩌다 개밥그릇 같은 양은사발을 뒤집어엎고

왈왈 누런 이를 드러내기도 할 거다.

그래도 소용없다.

송장처럼 누워.

정오의 사이렌을 듣던 시인의 자유.

그 해방을 꿈꾸며 송장처럼 모로 누워

눈밭에 던져 놓은 퇴침 같은 것이 되고 말 것이다.

아침

눈을 뜨면서 안에서 튕겨져 나온 것,

겸손.

이젠 그놈을 핑계 삼아 오기와 뻗댐과 열혈을 빙자한 편협한 꼬임에서 벗어나자.

… 그쯤이 되었도록,

나의 정력은 쇠잔하고 당랑의 허벅지는 지쳤지 않은가…

토굴의 은둔자가 아름다워 보이던 삶의 동경

내가 두드리는 목탁과 기괴한 염불이 뒤엉켜 버린 현실은

자꾸만 쌓아갈 뿐 한 톨도 비운 것이 없이

야금야금 세상 안으로 밀어내었다

그래도 어쩌나

볼품없는 가시를 세워서라도

버텨내야지.

아직은 그 세상이 나를 잡고 있음이…

내 안에서 말미암은 그 많은 연이.

2016년 가을의 끝에 서서

목차 :

셋_ 술 한 잔

뒤돌아 후회할 거라는 것 알고 있었으니까
아파도 웃을 수밖에는 없었으니까
말 못할 사정이 있었으니까
그럴 수밖에는 없었으니까
그게 최선이었으니까

그때의 그대도 그랬을 테니까

그대도 나처럼

뜻밖으로 말입니다
미안하고 염치없는 일이어요

보세요
나는 지금 뜻밖의 당신을 닦아 낸 걸레를 빨고 있어요
이쯤이면
비운다는 것이 옳은 일이라는 것.
당신도 아시리라 믿습니다
당신도 당신 안에 담겨진 염치없는 욕심이 있거들랑
깨끗하게 빨아내길 기도해요

외면

그가 내 눈을 보지 않고 말을 하던 날
내게서 떠나가고 있음을 알았어요
하지만 버럭 겁이 나서
모른 척했어요
…그러는 동안 내 가슴 안에서 우르르 무너져 내리던.

그 소리를 들킬까
나도 그의 눈을 볼 수 없었어요

그런 날이 오겠지

꽃이 피어도 설레지 않고
비가 내려도 슬프지 않고
바람이 불어 낙엽이 굴러도 쓸쓸하지 않고
홀로 걷는 눈 위의 밤길에도 가슴 저리지 않은
그렇게 아프지 않은 날이 오겠지

그렇게 아무렇지 않은 날이 올 거야
당신이 없어도 아무렇지도 않은 그 날,
그런 날이 오겠지
당신에겐 벌써 어제가 되어 버린 그날,
내게도 올 거야

지나온 날이라 여기다가도
울컥울컥 오늘로 무너지는
어쩌면 영원히 내일일 나의 그 날

걸어가니 보인다

차에서 내려 걸어가던 날
한 발짝 한 발짝이 어색하다
여기가 내가 오가던 거리였는지
문 닫은 지 오래인 옷집
문 닫은 지 오래인 찻집
문 닫은 지 오래인 복덕방
도통 기억에 없다

있는 줄도 모르게 애를 쓰다
애쓴 줄도 모르게 사라져 버린
허무한 흔적

곁눈질도 주지 않았던
내 것이 아니었던 것들
떠나야 했던 이유가

첫눈

히득히득 이 시답지 않은 것이 첫눈이란다
첫눈이 오는 날이면
세상의 빠듯한 허리띠를 반쯤은 풀어도 좋을 일이다
아무렴, 멀었던 약속을 당기고 잊혔던 기억을 꺼내고
따끈한 사케나 찻잔을 마주할 이 기똥찬 핑계
익숙한 얼굴에 묻어 둔 아린 이름이 눈으로 날리면
잡은 손도 없는 이별의 잔을 만들어
휘청이는 헛발도 아름답다

첫눈이 나린 이 좋은 날
나는 선지 한 바가지를 천 원에 사 들고
가을을 나서는 어머니의 허리춤을 바짝 움켜쥐었다
하늘을 볼 수 없는 나의 오늘
눈은 땅에서 솟는 고드름
아, 너는 언제부터인가
시답지 않은 가난의 돌부리가 되어 버렸나

먼 산山을 보고 울었습니다

비 오는 1월
먼 산을 바라보며
울었습니다

눈 쌓인 등성에
시름시름 녹아 가는 기억을 보며
오르지 못한 산 아래에 서서
나는 울었습니다

1월의 비가 어찌 흐르리오만
그대가 등 돌린 남녘의 산마루에
진달래 개나리 만발하는 날
숨겨 둔 그늘 아래 움트는
포자胞子야 되겠으려나

머언 산을 바라보며
그렇게 울었습니다

그때, 우리 말을 하기다

그 바닷가에 서서

견고한 방파제를 훌쩍 넘어

소름 돋도록 푸른 파도 몰려오거든

그때야 사랑한다 말을 하기다

관습의 구속이란 다 부질없는 자조自嘲의 터럭

그 바닷가에 서서

천 길 밑바닥 홀딱 뒤집힌 해일로 우리 만나거든

그때야 사랑한다 말을 하기다

어떤 악수握手

감당할 수 없는 이별의 아픔에

누군가의 따스한 손을 잡아야 했습니다

그를 잊을 수만 있다면

나는 누구의 손이라도 잡아야 했습니다

내 마지막 사랑이기를 기도하며

또 다른 그의 손을 잡아야 했습니다

운명은 그를 나의 남자로 허락하지 않았습니다

그는 내 마지막 사랑이 되지 못했습니다

그를 떠나왔듯

난 다시 떠나왔습니다

내가 또 누구의 손을 잡을 수 있을까요

몇 번을 더 아파해야 마지막 사랑은 내게 올까요

내가 그를 잊기 위해 그의 손을 잡아야 했듯

그도, 그도,

나 같은 누군가의 손을 잡으려 할까요

그러도록,

그의 가슴에서 떼어 내는 내 온기가 따스했기를

그가 잡게 되는 나 아닌 그 손이

그의 마지막 여자의 것이 되기를

그의 마지막 악수가 되기를

소주 한 병은 두 잔의 글라스

바람 한 줄기
가슴 속에서 휑하니 빠져나가는
이 가을,
글라스에 넘치도록 쐬주를 따르고
벌컥벌컥 들이켜야 견디어 내리

어쩔 수 없는 천형의 외로움
고독
고독
고독…… 혼자.

꿈에서도 섧디 섧은 내 사랑
풋풋한 단발머리를 찾아 나서는
가슴 뻑뻑한 그리움

내가 죽든 내가 죽든
그 안에서라도 네 손 맞잡으리라

조숙한 낙엽
찬바람에 서글피 떠나는 밤
달그림자 비틀비틀 밟고 돌아올 그 길을

내가 죽든 내가 죽든
미칠 것 같은 내 그리움 앞에 벗은 몸 몽땅 던져
끝장을 볼 일이다

구멍 난 밥통으로 마신 술 전부 빠져나가
오장육부 피범벅으로 녹여 낼 때까지

그리하라는
참 쓸쓸한 바람 뒤통수를 때리는
가을의 밤이다

개가 짖는다

개가 짖는다
복날은 지나 똥만도 못해졌어도
우는 건지 웃는 건지 묻는 건지 대답하는 건지
9월의 빈 하늘을 올려보며
왈왈왈
왈왈왈

왈왈거리는 건 개다
개가 짖는 소리는
개소리다

개가 되지 않으면 들을 수 없는
모르스 교신의 건조한 점과 선을
내가 혼자 읽는다
그립다
그립다

맛난 술

너를 먹고 싶다
하하 호호
마시면 달게 취하고
취할수록 기분 좋은
가벼운 널 안고 싶어

싱거운 취기에 발가벗고
가벼운 농담처럼 날 버리면
쭉정이를 헤집던
동냥의 기억도 좋아라고

빈 몸 안에 남겨진 서러운 것들
잘 익은 이름 하나 잔에 채우고
웃으며 손 놓을 수 있는

맛난 네가 먹고 싶어

거울

사랑이 아니라 한들 어떻습니까
손잡을 수 없는 저편 벽 너머에 그대 서서
꿈인 듯 생시인 듯 어른거려도

내가 나를 보고
그대가 그대를 보는 일인들
이 또한 어떻습니까

추운 겨울 그늘진 어디
혼자서 뒹구는 나뭇잎처럼
먹먹한 쓸쓸함에 진저리 치다

사랑이 아니라 한들.

내가 그대 가슴에 안겨 나를 보고
그대가 나를 안고 그대를 보고
포옹의 핏줄도 막힌 외면의 벽 앞에
마주 선 일인들
어떻습니까

해질녘 지친 발걸음에
시린 그리움 하나 가슴에 품고
그대의 때 낀 거울이 된들
이 또한 어떻습니까

못 믿을 사람입니다

사랑하는 이여
그대 내 앞에 옷 벗지 마세요
냉정한 순결의 속곳만으로도
나는 충분히 행복하나니
그대 내 앞에 마음을 벗지 마세요
못 믿을 사람입니다

어느 아침
바람처럼 떠나갈 몹쓸 믿음입니다
지금처럼만
잡을 수 없는 그림자 같은 사랑만 허락하세요
맘이 아파 떠날 수밖엔 없는 그때
그대의 마음 아픔으로 더욱 못 견딜 큰 슬픔
맛볼 수는 없는 까닭입니다
비우다 비우다 돌아설 이 못난 사랑 앞에
부디 아파할 사랑은 꿈꾸지 마세요

그대의 웃음 한 조각으로도
넉넉히 행복한 내 사랑입니다

사랑하는 그대여
전부를 태워 재가 되리라고
나를 버리는 이 꿈 같은 못난 사랑 앞에
앞섶 꽁꽁 여미어 잡고
그대의 마음 조각일랑 요만큼도 허락지 마세요
못 믿을 사람입니다

비우다 비우다
어느 아침 바람처럼 사라져 버릴 내게
사랑하는 이여
부디 순결한 믿음 보이지 마세요
못 믿을 사람입니다
못 믿을 사람입니다

올무[*]

덫을 놓은 곳에 길이 생겼다
아니다.
길이 있어서 덫이 놓였다

길을 갔다
길이 생겼다
덫이 놓였다
우리가 길을 만들고
길은 덫을 불렀다

제 길을 가는 일탈이 어디 있겠나
누구 하나라도 샛길을 걸었다면야
인연의 매듭이 엮여 단단한 올무가 되고

사랑의 과육을 파고들어
이별의 씨앗까지 찾아 옮았으랴

애타게 서럽던 그리움 별빛
새벽이슬 올무에 초연超然히 넘겨주고
네가 길을 갔다
나도 내 길을 갔다

* 올무 [명사] 덫 1. 새나 짐승을 잡기 위하여 만든 올가미. 2. 사람을 유인하는 잔꾀.

별것 아닌 것으로 생각하면
별것도 아니다
소나 개나 한목숨을 따지자면
사람도 매한가지 별거 아니다
꿀맛 같던 달콤한 떨림도
불면의 아린 그리움도
그까짓 것 정말 별것도 아니었다
그래도 별것이 아닐 수 없는 단 한 가지
내게 닿았던 그 온전한 파문

둘 :

차
한
잔

백로 무렵에

돌림병처럼 별안간 밀려온
산란散亂하지 못하는 흐린 날의 낙조
여름의 단호한 추락은
기다린 이의 황홀한 절망이지

가을이 왔다고 가슴을 열어
쓸쓸함을 여미는 사람들

문을 나서는 나를 막아서는
지지 않은 꽃과
당당하게 푸른 은행잎과
기꺼이 하늘을 버티고 선 모가지들과

발치 끝에서 머뭇거리는
백로 무렵의 어설픈 가을
답신 없는 연서에도 쓸쓸하지 않을 만큼
아직은 견딜 만한 일이다

엄마의 나뭇단

 날이 더 추워지기 전에 두어 단을 더 들여놓으라는데
 여름부터 쟁이기 시작한 엄마의 헛간에는 아무리 쌓아도
나뭇단이 차이지 않는다
 날은 취지고 장날도 자꾸 지나가는데
 나뭇간은 비어 있고
 할 일을 다 못한 엄마는 점심상을 마다한다
 채울 수 없는 나뭇간이 원망스러워
 기억의 밥투정 상을 번쩍 들어 마당에 뒤엎어 버린 날
 엄마는 가을 홑 요 아래로 움츠리고 누워
 자꾸만 나무를 벤다

가을, 휴암 삼거리의 그 여자

기분 좋은 꿈을 꾸고 집을 나서
가경동 로또 명당을 찾아가는
청주시 가로수길 초입
휴암동 삼거리

육교 계단을 깡충깡충 뛰어내린 여자
신호등 기둥에 숨어 방긋 웃는다
누구지,
누구였더라,

기억이 열리기 전 신호가 바뀌었다
아쉬운 마음 룸미러의 잔상을 쫓는데
뒤차의 땅콩만 한 사내가 헤헤헤 손을 흔든다

가을도 떠난 앙상한 가로수 길
휴암동 삼거리에서 웃고 있던 여자
고급 차의 사내에게 웃어 주던

나를 보고 웃는 줄 알았던 여자

종종종 달려와

내 거울에 언뜻 담겼던,

토끼 같던 여자

어느 꿈엔가 내게 안긴 것 같던 여자

방울토마토 같던

그 여자

별것

별것 아닌 것으로 생각하면
별것도 아니다
소나 개나 한목숨을 따지자면
사람도 매한가지 별거 아니다
꿀맛 같던 달콤한 떨림도
불면의 아린 그리움도
그까짓 것 정말 별것도 아니었다
그래도 별것이 아닐 수 없는 단 한 가지
내게 닿았던 그 온전한 파문

모기향

눈이 좀 쓰리면 어때

그게 나의 너야

토막 나면 토막 난 대로

그게 나의 너야 아픔을 포장하지 마

라벤더 꽃 냄새라니 그건 아니야 역겨워

내 기억이야

내겐 별것도 아닌 걸.

감추려 하지 마 싫어

절망을 변조하지 마

네 안의 음부가 축축이 젖어

쾌쾌한 곰팡이가 피어 있어도

감추려 하지 마 싫어

너를 태운 매캐함이 날 울리게 해도

모두 다 태워서 내게로 와

그게 온전하게 내게로 오는 길이야

그게 안고 싶은 나의 너야

Call me를 들으며

오일장 난전 천막 사이로 나를 끌고 걷다
이어폰에 앞뒤 없이* 흘러나온
가수 웅산의 Call me를 듣는다
너를 처음 만난 것도 그랬다

창백한 이름에 턱을 괴고 밤을 지키던
너의 통곡, 너의 비명, 너의 절규,
Call me

채울수록 무너져 가던 그 빈 가슴에
끝없이 공명하던 울음
Call me

Call me,
너에게로의 나란

아귀의 주린 배에 담기던 밥알이었거나
의지 없이 마주한 랜덤[*]이었나 보다

* Random[형,명] 1. 마구잡이의. 무작위의. 2. 목표가 불명하며 비생산적이고 경솔
한 (사람).

회덕역懷德驛에서

겨울을 밀며 남南으로 가다
여기는,
애써 부정否定한 시간의 종이를 펼쳐야 하는
데칼코마니

볕을 찾아 나섰던 우리의 동행은
서로의 도착역을 향한
예정된 교차의 선로를 달리고 있었음을
이곳에 닿아서야 알게 되었지

우리는 한때 한 몸으로 남南으로 달렸으나
이제부터는 오늘이다

손잡을 수 없는 아련한 기억의 산맥을 사이에 두고야
멈춤도 없이 어긋나 멀어져 어제와 내일로 나누어진

먼 후일.

우리는 함께 남南으로 달렸으나
회덕역懷德驛을 뒤에 두고
너는 부산으로
나는 목포로 갔다

홍화 동동주

공복이 이성의 바닥을 긁어 허기의 본능만이 전부이기를 기다려
간절한 이 하나 없는 새벽 네 시가 넘어서야 너를 불렀어
평상의 비겁이 닫아 둔 용기를 거칠게 흔들어 너를 깨웠지
달콤한 누룩의 전희로 나서 건조한 알몸을 맛나게 핥았어
농익지 않았더라면
그랬어도 용수에 걸러져 지게미 하나 없는 고요였더라면
감히 너를 내 안에 따랐을까
무지개 같은 취기가 간절하게 나를 띄웠지
깨어나면
응달의 냉정한 맨바닥 구차한 오늘 위로 곤두박질쳐 떨어지면
골이 뻐개져 견딜 수 없는 마음 아린 통증이 찾아오기를 소원했어
가난한 섬 유폐된 절망 위에도 아침이 오고 햇살이 비추이기를

하여, 그 아픔이 아직은 살아 있음을 절절히 깨우치도록
눈처럼 여린 빨간 꽃잎이 살랑살랑 떠 있는
꿈같은 너를 안았어

비 그친 밤에

오늘을 멎고 기다리던
꽃, 바람, 울음 같은 것들
어느 하나 나서지 않았는데
비가 그쳤다

이제 지금은 갔다 가고 말았다.
금단도 버린 자유낙하였지만
이쯤이면
기다림의 문을 닫고 돌아설 때다

끝내 가난할 줄 모르는
가련한 아집의 포망布網

뭐랄 수는 없는 일이다
비는 그치고

지금은 끝났다

난 오늘 안으로 되돌아 앉아

쓸쓸한 연민의 커피를 마셨다

맥주를 마시다가

잔을 기울일 신명이 없군요

술을 따릅니다
술을 받습니다.
술을 따릅니다
술을 받습니다.

거품이 넘치고 나니
반밖엔 채우지 못했었군요

수수깡과 대나무

아들은 초등학교 5학년
아빠는 인생 5학년
두 곱슬이 마주 보고 잠을 잔다

밤새도록 팔베개에도 저림이 없네
아직도 수수깡
아직은 대나무

온 날이 고맙고
올 날도 고맙다

소주와 와인

당신은 내게 와인을 마시자 했어요
샤르도네*의 차가운 순결함이건
카베르네 소비뇽*의 핏빛 열정이건
유혹은 연애와 같아요
그래요,
연애는 내 안에 포개지는 당신의 혀처럼
달콤하겠지요
하지만 혀끝의 감칠로는 적실 수 없는
음침한 골방의 마른 허파도 있어요
벌컥이는 소주가 아니고서는.
그래요,
사랑은 소주처럼 써요
쓴맛의 통증은 기대만큼 날 깨워요
그래서 나는 소주를 마셔요
마셔도, 내 안의 꽈리를 부풀리기에는 언제고 모자라요
한 번쯤은 혀를 엉키고
당신의 달콤한 침을 맛보고도 싶어요

하지만 보아요

이 가난한 족속들이 타고난 부실한 천성은

그저 자학의 중독

이리 쓴 미각을 당신과 어찌 나눠요

모른 척하세요

나는 늘 혼자서 소주에 취해요

* 샤르도네(chardonnay), 카베르네 소비뇽(cabernet sauvignon): 백·적포도주를 만드는 대표 품종

별후別後

착상되지 못한 염원의 시간들이
뭉텅뭉텅 쏟아지고 있다
미련의 허리를 자근자근 비트는
통증은 참으로 서럽다

어차피 내 것이 될 수 없는
구름 같은 바람 한 점 스쳐 간 게지만
내 안 구석구석 깊은 골마다
어김없이 남겨진 너의 온기가
어처구니없도록 또 서럽다

신경돌기 저 끝의 무조건 반사이거나, 혹은
지친 오후의 하품 끝에 맺힌 눈물 같은
기억의 뒷몸이 아니던가

그러한 쭉정이를 잡고 어르는
망령妄靈이다

알면서도 문득문득 맥을 놓아 버리는
줏대 없는 냉정이 정말 서럽다

왈칵왈칵
내 안으로 쏟아지는 너의 에스트로겐
어금니를 단단히 깨물지 못한다면
외로움은
차라리 달콤한 고통의 자해가 되리라

나는 너의 빈 그림자를 안고 생리 중이다

낮달

삼경三更지나 적신 묵향墨香 문갑 뒤로 숨겼더니

모시 속곳 맨 얼굴로 앞장서신 임이시여

가신 임 쫓는 걸음 행여 밤을 앞설라구

천수국千壽菊

입동立冬 무렵에
너를 보내네

언제고 환하게 웃던
과분한 햇살,
아름답던 나의 사랑.

내게 남은 계절 끝.
입동 무렵에야
너를 보내네

싸롱*

네가 알았건 몰랐었건
꿈꾸었던 내일이 아니었겠지
나라고 별 수 없어
하루하루 곯아가서 싸롱이 된데도
널 향한 온기를 거둘 수 없어

* 싸롱 [민간] 곯은 달걀, 부화 중 멈춘 달걀.

밤느정이*

기다리고 기다려도 임 소식 없고

정한 밤 그리워 흐른 눈물이

꽃잎마저 하얗게 세어 놓았네

* 밤느정이[명사] 밤나무의 꽃

가짜를 위하여

생각의 끈을 잡고 뒤척이다 벌떡 일어나니
명절 끝 한적한 포장마차 구석에 앉아 있네
마른 목구녕에 사약 같은 쐬주를 넘기며
세상의 모든 가짜를 불렀겠지

내 안에서 나와 푸른 날개를 파닥이던
가난한 잠자리 한 마리
끝내 돌아오지 않을 거야

너는 나를 속였고
나는 네게 또 속았구나
간절한 가짜여
다음 생이 있거들랑 부디
화사한 꽃 날에만 날자꾸나

달아 숨어라

달아 숨어라
두 눈 꼬옥 감거라

덜어 놓은 사랑으로 익어 가든
담아내는 이별 앞에 야위어 가든
혼자서 앓아라
꽁꽁 숨어서 나서지 마라

네 앞에 기도하던 염원
구차한 독백 한 소절
어제로 보내려니

고개 숙인 내 웃음 앞에
꽁꽁 숨어 나서지 마라

자존심

삭풍 된 세월에 발라지고도
지키고선 뼈다귀 하나

아리도록 싫은 사랑이거든
창자 끝까지 비워 침을 뱉어라

먼지 같은 뼈다귀의 직립
커튼 활짝 열면,
속 썩이지 않고도 떠나보낼

백작 드라큘라여

똥개

기름진 세상
개도 똥을 안 먹는데
발치에 구르는 동전 한 닢 같은 오늘
기꺼이 어제를 굽힌 미련한 포식이다

자존심이 상하긴 해도 뭐라 마시게
내 똥구멍에 거미줄로 치렁이는
당신을 어쩌겠나

사랑을 믿다

문을 나서
남쪽 천국의 섬에 숨어들은
시인[*]아

돌아서던 뱃머리
파도의 검은 그림자에
눈물의 노래^{**}를 묻었던

옛 시인아
골방에 남기고 떠난
어제를 믿느냐

슬픔의 끝에 맛보는
정화淨化
사랑도 그리하여

그 저미는 아픔을 꿈꾸노니

나는 오늘 두 개의 문***을 지나
세 개의 벽을 넘어야 닿이는 그 끝
사랑을 믿는다

* 시인: 박목월
** 눈물의 노래:「떠나가는 배」
*** 두 개의 문: 프랑스의 시인 쥘 쉬페르비엘(juie supervieiie, 1884~1960)의 시 「세
개의 벽과 두 개의 문」

해바라기

머언 하늘 그리운 이 바라만 보다
보고픈 맘 숨김없이 태웠더라니
여우비에 숨어서 다녀가시며
눈물 망울 참 예쁘게 영글었다나.

바람의 꽃

언제 꽃이 더 이쁘다 했나요
꽃보다 이쁜 게 당연한걸요
배시시 웃지만 말고 바람을 좀 보아요
꽃을 박제한 바람 말입니다
그래서 꽃이 된 바람 말이어요

꽃이 열리는 입술마다
툭 툭 버는 바람을 좀 보세요
긴 머리칼 끝을 살랑이던 바람 말이에요
푸른 들판의 한가운데에서 자유롭던 날
남겨 두고 돌아서던 바람 말이에요

봄은 온통 꽃이에요
꽃은 파르르 떨리는 바람 끝에 피어요
정갈한 화분은 바람을 잊어도
바람은 겨울의 빈 들에서 늘 피고 있어요

얼음

먼 옛날 전설 같은 기억 끝 어느 꿈속에서 손을 놓치고
약속 없는 그리움의 바다
몇 생이나 울며 떠다녔더니

불면의 배반이 개고 새벽이 오고 나니
닿을 수 없는 만큼 떨어져야
당신은 내게 서고 나는 당신 안에 서는 일이라니요

알아요.
하지만 아세요?
이미 당신 안에 갇힌 공기 방울 말입니다
당신이 없는 세상엔 나도 없습니다

어쩌면 애끓는 냉정
올훼스의 창에 박힌 유리인지도 모르겠지만

당신은 나를 가둔 얼음입니다

녹지 않는 얼음입니다

호남선에 오르면
비릿한 짠내
달려온 길 하 모질어
기차까지 염장이 되었다나

충청도 밀떡국을 태운 자반 속
목포발 차창에 비가 뿌려도
잠든 사내의 굵은 고랑에서
뚝뚝 떨어지는 고염苦鹽

___ ___ 호남선

셋 :

술 한 잔

토카타와 푸가

네게서 내게로 돌아오며
파이프 오르간 D단조 작품번호 565
바흐의 토카타와 푸가를 듣는다
남루한 도망자는 헤드라이트를 따라
불빛이 끌고 불빛에 매달려
딱 그만큼만 너를 가르고 가면
우르르 무너져 다시 바다가 되는 어둠
철저하게 의도된 내 몫의 기적은 끝이 나고
내 어둠 안으로 나답게 유폐되는 밤
흉통의 이별 안으로 유성우처럼 쏟아지는
아, 처연悽然한 송가頌歌여

비 나리는 시간의 댓돌에 앉아

자싯물 통에 아침 그릇을 담가 놓고
엄마의 엉덩이에 빨간약을 발랐다
어머니께서 빨간약을 바르고 혼자 누워 계시는데
바람이 되신 얼굴들은 기별도 없다
기별이 없는 몇 해 만에
어머니 기억의 수로에는 숭숭 구멍이 나고
집안 이곳저곳에 물이 들기 시작했다
기별 없음은 바람이 되었기 때문이지만
빨간약을 바른 엄마가 혼자 누워 계시잖는가

늙은 아들이 비 나리는 시간의 댓돌에 앉아
바흐의 샤콘느를 말아 피는데
감자는 겨우내 속없는 싹을 틔우며 쪼그러들어 갔다

땅으로 오르는 넝쿨

달콤한 더위에 빠져 허우적거리던
그해 여름의 금요일 저녁마다
사내는 플라스틱 차양 위로 호박 넝쿨을 밀어 올렸다
담쟁이는 벽을 넘으려 푸른 절망을 접는다지만[*]
사내가 꿈꾼 것은 하늘에 오르는 것

하지만 아침이면 늘 뒤바뀌어 있는 하늘
나비의 여린 더듬이 같은 내일이 견고해진 오늘을 말아 쥔
것은
새벽 공기 같은 싸늘한 하늘 밖의 추락
어쩌면 그것은 화분花粉을 향한 본능 같은 것이었는지 모
르겠다

그래,
내일이 오늘을 잇지 못하고 밀어낼 때는

아무리 기어올라도 하늘에 닿을 수 없거나

닿는 곳이 꿈꾸던 하늘이 아님을

처음부터 알았기 때문이겠지

* 담쟁이: 도종환의 시

안나 카레니나*에게

안나,
당신이 오른 기차가
사신의 채찍처럼 어둠을 찢으며 떠나갔습니다
나는 빈 플랫폼에 서서
황량한 어둠의 끝을 한동안 바라보았어요

안나,
사악한 혀를 날름거리며 무한의 궤도를 돌고 있는 검은
뱀을 보세요
열차는 절망으로 추락하는 당신을 기다려요
조바심의 끈끈한 타액으로 운명을 핥아 눈멀게 하고
신기루 같은 설레임을 꼬드기고 있어요
야금야금 그 꼬임에 빠져 사신의 제단에 벗은 몸을 내어줄까
뱀의 음흉한 박동이 자지러들고서야 소스라치게 놀랐습
니다

안나,

나는 당신의 내일을 열차의 궤도 위에 정확하게 포개어
놓고
　밝음과 어둠의 대비가 하나가 되며 늘 어긋나기를 바라요
　어느 쪽도 따라잡지 못하도록 말이에요

　안나,
　나는 빈 플랫폼에 서서
　황량한 어둠의 끝을 한동안 바라보았어요
　그러면서
　레일에 몸을 던질 만큼 가깝지 않은 오늘이
　참 다행스러운 일이라고 생각했습니다

　그대, 안나 카레니나.
　다시는 설레임의 플랫폼에 서성이며
　뱀의 교활한 혓바닥에 옷 벗지 마세요

* 안나 카레니나: 톨스토이의 소설

재떨이 앞에서

다 탔거나 못 탔거나
적어도 여기서라면 효용의 시간은 멈췄다
연속성을 잃은 사차원의 비움이
삼차원의 오늘에 담겨 있는 모습이라니
어느 깨달은 이의 해탈로 설명될까

담배는 나로 하여 시간이 되었으나
그 시간은 내 삶의 시간 안으로 꺼져 가고 있다
잠시 내가 만든 그것은
과연 누구의 것이었는지
있기는 하였던 것인지
소멸을 먹는 블랙홀로의 찰나,
사는 게 정말 재밌지 않은가

서대전역 광장 한켠
재떨이를 바라보며
나는 꽁초가 되어 간다

뼈 없는 닭발

나와 앉은 포장마차
뼈 없는 닭발이 어딘지 싱겁다
이놈이 내 몸이었을까
발라진 뼈다구가 내 몸이었을까

한참은 서로가 엉겨 하나였다가
내 몸을 버리고 제 몸이 되었거니
시림을 안고 입은 살과 뼈
서로에게 측은한 일이다

턱.
턱.
지키지 못한 내 뼈다구가 쐬주잔에 가득하다

오늘, 내 탓이 아니다

벽 앞에 서면
모든 것이 내 탓이라며
돌아섰습니다
가끔은
당신 탓이라 했습니다
이 잘난 세상 탓이라고 말입니다
지나고 보니
내 안으로 접고 돌아서는 것만큼
쉬운 일은 없습니다

난 아주 가끔
벽 앞에 버티고 서서
대가리로 치받고 온 힘을 다해 주먹질도 합니다
그러면 깨지고 벗겨진 자학의 몸뚱어리에서
꽁꽁 여며 화석이 되어 가던 가식과 부정의 울혈이

툭, 터져 버립니다

나는 내 안에서 나온 그 비겁한 오물을
아주 통쾌한 마음으로 벽에 처바릅니다
그런다고 벽이 무너지는 일은 없습니다
하지만 보십시오
고름이 되어 가던 검은 피가 빠져나간 자리에
뜨겁게 차오르는 선홍의 비린 박동을

포기가 관조가 되는
낯 뜨거운 변명과 외면
지나고 보니
누구나 제일 쉬운 일은
안으로 접고 돌아서는 일이었습니다

아주 가끔은
나를 벗고 벽 앞에 외칩니다

내 탓이 아니다,
그보다 더 가끔은
어째서 내 탓이냐고,
내 탓이 아니라고 대듭니다

나비 날다

화병이 박살났다
어, 나비다 나비다
나비 한 마리
내 머리 위에 앉았다
날아가면 다시는 못 볼 것 같아
나비가 앉았던 꿈을 잡고 놓지 못하였다
꿈도 아니고 생시도 아닌 잠꼬대를 웅얼거리다
공중그네 같은 꿈을 주르르 놓쳐 버렸다
화병이 박살나며 꿈이 깨졌다
조각이 튕겨 어딘가에 피가 샌다
체기에 딴 손가락처럼 잘된 일이다
저것 봐라 저것 봐
저기 날아가는 거

술

보았느뇨!

이 당당한 귀환을

권태의 손을 잡고 떠난 바다

일탈의 격랑을 헤치고 난 다시 항구에 닻을 내렸다

애초에 목적지 없이 떠난 망망대해,

나의 자아는 침몰하여 천 길 어둠의 심연으로 추락하거나

삶의 미련이란 부유물에 매달려 오늘을 애원할 꼬락서니

였겠다

하지만 보아라,

나의 배는 난파하지도 침몰하지도 못하였구나

그저 별빛도 없는 절명의 어둠 속에 발가벗고

춤을 추고 노래를 부르고 고함을 치다가

더러는 울기도 하고 낄낄낄 웃기도 하였을 뿐

나를 존재하게 하는 세상의 모든 오물로부터의 배반

왜곡과 가식의 서 푼 체면으로부터 철저하게 나를 버리고

쾡한 육체와 앙상한 관념의 실증에 충실하였을 뿐

나는 내게 기만되지 않음을 증거하여 어르었다

바다의 끝, 칠흑의 절벽에 닿을 때까지
아, 황홀한 광기여
보았느뇨!
이 당당한 귀환을
나는 반 풀어치쯤 깎인 체면의 옷깃을 도도하게 세우고
왜곡과 가식의 미소를 자못 건들건들 머금은 채 오늘에
닿았다
세상의 모든 오물 속으로 늠름하게 나를 기만하였다

청어 엮기

장맛비가 쏟는 일요일 늦은 오후
실한 청어 두 마리를 뜨물에 담가 놓고
곰팡이가 핀 오늘에 기대앉아
깜박, 절구질을 하였다가
아이들의 피리 소리에
소스라쳐 깨었습니다

풀피리의 맑은 바람은
오늘의 귓가에서 눈이 부신데
두름을 빠져나간 치어들은
머언 어제의 바다에서 파닥입니다

배배배배
매듭도 없는 구름을 꼬아
도둑 같은 세월을

염치없이 엮어 왔습니다

감지도 뜨지도 못한
핏발이 선 청어의 눈 같은 사내가
어제에서 나와 내일로 흐르는
오늘의 뜬구름을
엮고 있습니다

짝귀

나는 짝귀다

어느 한쪽은 높거나 낮은 짝짝이다

짝짜꿍이 아니라 이짝저짝이란 거다

안경을 쓸라치면 여지없이 제 쪽으로 잡아당겨

번번이 눈썹과 사선으로 기울어진다

궁리도 해 보았지만

다리가 짝짝인 놈은 팔지를 않는다

짝짝은 정상이 아니라서다

한쪽 귀를 잘라 다시 붙이면 그들의 높이로 마주 보겠으나

그때의 나는 정말로 나의 정상이 비정상의 나로 되고 마는 것이다

나의 정상으로부터 그들의 정상이 되는 것이다

제대로인 안경이 내게 오면 비정상이 되어 버려도

나는 이미 그대로의 정상이었으니 비정상이 비정상인 것이다

좋다 정상의 것이 비정상인 내게 오면 비정상으로 되는 것이 정상이라 하면

정상의 것이 비정상의 내게 녹아 정상의 내가 된 것도 비
정상이라는 얘기인데

그러면 나는 이 비정상의 단정斷定을 놓고 누군가와 다퉈
야 한다

그렇다고 남아 계신 어머님의 늘어진 배꼽을 헤집어

따져 물을 수도 없는 노릇이잖나

당신의 시간은 어느 쪽으로도 소홀하지 않았으니

누가 뭐라고 물어오건

내 귀는 처음부터 짝짝이 정상이다

비정상을 달갑게 안고 담담한 정상이 되는 것

세상 안의 모든 공기는 이미

내 코로만 들어오고 내 입을 통해서만 뿜어지는

내 의지의 몫이 되어 있지 않는가

정상과 비정상이 마주치는 짝짜꿍

고단한 나의 짝귀

쇼윈도 앞에서

오일장 이른 흥정을 마친 노파가
빈 함지박을 깔고 앉아 바꾼 돈을 헤아린다
입가에 조글조글한 주름이 닭 똥구녕 같다
웃음이 터질 것 같아 당황스러워라

부끄러워 몸을 돌려 그녀와 마주 섰다
그녀의 손은 정말 곱고 여리다
그날처럼 개 같은 욕정이 솟았다
그러고 보니 지금은 목이 잘려 입이 없다
잘린 목 위에
어제를 번갈아 얹었다
더듬건대 너의 똥구멍은 매끄럽고 향기로웠으나
내 앞에 무너진 사정射精은 무정란의 거짓이었다
미뢰味蕾꽃이 지고 유두乳頭가 허물도록 기억을 핥아 물어도
대답 없는 유리벽 안의 오늘이나 다를 바 없지 않았나

목이 잘린 화석으로 마주 선 이별이
차라리 고마운 일이지

천 원에 넉넉한 바가지를 담고
덤으로 얻은 쇠기름이 담긴
비닐봉지에 선지가
뜨끈하다
오늘 저녁은 엄니의 헤진 똥구녕이 피 맛을 볼 모양이다
오후의 버스정류장으로 나서는 골목 끝
쇼윈도 앞에서 담배를 빤다

제육볶음

생목이 오르지 않을 만큼
속을 훑지 않을 만큼
달달하고 매콤하다

어느 겁 절벽에서 네 손을 잡았기에
죽어서까지 원願을 저며
가시 돋은 내 혀로 찾아온
감칠맛이냐

술이 너를 불렀으나
이내 너의 안주가 되어 버린
간절한 미각味覺

모래시계

시계는 쓰러졌다
이미 떠나갔던
혹은 떠나보냈던
너의 역류

나와 네가 범벅되어
하나처럼 나뉘어 있는
어색한 평행

일어서겠지
모두 가져가거나
모두 보내거나

정지
백번을 거꾸로 서도
늘 윗방일 밖엔 없는
아, 이 허망한 정지.

뗏목

사실 어제는 죽으려고 곡기를 끊고 누웠다
열두 시간이 지났지만 사흘은 너끈하게 살아 있을 것 같다
잊기 전에 따뜻하게 한 잔 먹고 싶다
도둑놈처럼 살금살금 물을 끓이고
커피를 마신다
설탕을 조금 넣었더라면 이것도 별것 아니게 옅어졌을 텐데

속이 쓰리다
죽기는 그른 모양이다
먹어야겠다

한때의 거들먹거림
구겨진 오천 원짜리를 찾아냈다
편의점으로 기어가 라면과 쐬주를 바꿨다
그러고도 담배 한 갑 값을 받았으니

또 어찌 핑계를 잡았다

라면에 먹는 쐬주는 참 맛나다
남은 멀국에 남은 술병을 비우며
괴나리봇짐을 베고 누운 길동이를 만났다
부르지도 떠나지도 꾸리지도 못하는 나
기가 막힌 노릇이다
메스껍다

돛도 노도 없는 능숙한 공전空轉
뱅뱅 맴돌다
언제나처럼 반푼이처럼 웃고 말 일이다
그래도 지금은 어지럽다
내게서 비켜난 지축 위를
동짓달 마지막 밤을 잡고 출렁이고 있다

비 오는 밤에

아무리 빨아대도 중독의 포만을 외면하였다
구멍 난 식감에 퍼부은 어떤 것도
지린 오줌물처럼 흘러내렸다
자, 이제 생각해 보자
애쓰지 않아도 잡히지 않는 작위의 모든 것을 말이다
말초 끝에 닿지도 못하는 니코틴
금단도 없는 이 중독의 자유낙하를 말이다
어떠냐?
꽃이거든 지금
잎이거든 지금
바람이건, 울음이건……
설령 열매라도 이 빗속에 떨어져 굴러라
바로 지금.

이제 오려거든 가난하게 와라

너는 더 이상 없다

너를 버리고 진짜 내게로 와 봐라

바로 지금.

미라 같은 이 좋은 밤에 말이다

단풍나무 아래 강아지풀

7월 단풍나뭇잎,
초록이 이토록 모질었으니
그토록 단풍이 절절했구나.

단풍나무 아래 강아지풀,
무서리를 앞서 머리에 얹고
초록을 교만하였다.

잠 못 드는 밤,
단풍나무 아래 벤치에 앉아
모진 초록을 엮어 곱씹었으나

울혈 되어 맺지 못한 강아지풀
허기져 외토라진 불면을 안고
속도 없이 바람에 흔들리었다

사팔뜨기

바른 것은 그른 것입니다
바른 것으로 당신 앞에 선다는 것은 그른 일입니다
바른 꼴을 하고서는 당신을 볼 수 없는 그른 세상
당신을 안기 위해서 감사하게 글러졌습니다
그른 세상에 당신을 바르게 볼 수 있었던 것은
그른 세상에 눈길을 주지 않는 그른 눈이 되었기 때문입
니다
당신이 힘이 들어 날 볼 수 없다면
바른 눈으로 그른 세상을 살기 때문입니다
그른 것들 다 보지 말고
눈가리개*를 한 경주마처럼 앞만 보고 달릴 수 없다면
저처럼 그른 눈이 되어 보세요
그른 것이 그른 세상을 바르게도 하여
사랑도 때론 그렇습니다
그른 것이 바른 사랑도 있음입니다

* 눈가리개: 차안대. 경주용 말의 시야를 앞쪽으로 집중시키기 위해서 눈에 씌움.

개망초

꽃이 아닙니다
꽃이라 불러 세우기엔
별스런 향기도 화사한 꽃잎도 없는.
정말 그저 그렇게 지천으로 널린
풀입니다

풀도 아닙니다
권태스런 어느 오후
기억도 남김없이 밟고 가기엔
경중경중 본때도 없는.
정말 그저 그렇게 지천으로 널린
꽃입니다

누가 나를 품에 안고
향기롭게 아껴 웃겠습니까

누가 나를 정오의 그림자로 밟고 서서
머언 하늘을 편히 보겠습니까

나는 꽃이었던가 풀이었던가요
울화통 터지는 빈방에 뽑아 가두고
벌컥벌컥 냉수를 들이켰습니다

꽃이 아니었습니다
풀도 아니었습니다

북향北向의 화단

북향의 화단에는
봄이 오기 전에는 눈이 녹지 않으리라

겨울을 잡고 맞은 이별은
이별로 얼어 늘 떠나가고
그리움은 그리움으로 얼어
가슴 속을 아프게 긁는
시린 바람의 면도날이 되었다

귓불이 아리도록 서러운 어느 겨울
나는 북쪽으로 난 화단 옆에 발가벗고 앉아
겨울을 잡고 떠나지 못하였는데

그렇게 지키고 선
모든 사랑과 모든 증오와 모든 만남과 모든 헤어짐과

나서지 않는 겨울과 맞아 설 수 없는 봄도
한 몸이면서도 서로 어우를 수 없는
막대자석의 이 끝과 저 끝이었으리라

내 마흔 몇 해,
북쪽으로 걷던 그해 겨울
북향의 화단 옆에 발가벗고 앉아
겨울을 잡고 떠나지 못하였는데

똥강아지

우리 집 똥강아지들은
공을 잘도 물어 오지요
발아래건 마당 구석이건 삽짝 밖 어디에서건
공을 물고 쪼르르르 달려오지요
멀리에서 물어 올수록 신이 나게 달려오지요

껌 한 번 씹어 본 적 없어도
털 한 번 깎아 준 적 없어도
소파 위에 배 깔고 누워 본 적 없어도

비린기 없는 식은 밥을 먹어도
꼬질꼬질 엉킨 털을 하고도
거적도 없는 맨 바닥에 웅크려 살면서도
공도 참 잘도 물고 오지요

첫눈 내린 추운 날 삽짝 밖 멀리까지 가서

빨개진 콧잔등을 하고
공을 물고 왔어요

쓰다듬어 주는 손길 한 번 뭐 그리 좋아라고
까만 눈동자를 깜빡이며 발아래 앉아
꼬리를 깡총깡총 흔들고 있어요

해리解離[*]

헐어 흉물스런 호흡마다
무뎌진 기억을 뭉텅뭉텅 객혈하면
먼 바다 어시장 비릿한 뒷골목 어디쯤
개가 있었다

개는 울에 길들지 못했으나
울을 넘어도 순연純然한 태초의 들은 아니었다
허상의 전설을 엮은 도시의 거리를 헤매다
대폿집 닳은 문턱에 기대어 죽어 간다
털은 빠져 썩고 고름의 악취가 진동한다

신선한 피를 부리에 묻힌 독수리가
코카서스 산정에서 날아왔다
개의 교만했던 자신감에 앉아

남은 목숨을 움켜쥐고 자근자근 쪼아댄다

개도 몰랐던 목덜미 어디쯤
감춰진 요철이 벌어진다
애초에 제 것이 아니었던 불덩이
쓸쓸한 도적질의 껍질을 깨고
온 곳으로 되돌아간다

대가리가 때구루루 뒹군다
순교의 전설을 팽개친 몸뚱이가 경중거린다
이제야 개가
개가 되었다

아!
고마운 악어새여

해리解離였다

책임지지도 못할 정숙한 골의 포박으로부터

자유롭게 내달리는 절대의 끝

가난의 무식한 반격이었다

* 해리解離 [명사] 1. 풀려서 떨어짐. 또는 풀어서 떨어지게 함. 2. 물질이 열이나 전기로 인하여 이온·원자·원자단·분자 따위로 분해되었다가, 분해 원인이 사라지면 도로 화합하여 본디의 물질이 됨. 또는 그런 분해. 열해리와 전해리가 있다. 3. 다중인격장애[심리학:dissociation]. 학대와 같은 저항하기 어려운 경험을 피하기 위해 사용된다. 고통스런 경험에 대한 심리적 부담을 덜어 주는 방어 수단으로 현실을 부정(denial)하는 것이다. 과거의 고통스런 사건들은 해리라는 변경 장치를 통해 지각(perception) 속에서 약화되고 이것이 이인화 또는 비현실감을 초래한다. 완전히 잊히게 되면 심인성 기억 상실증이 되고, 다른 사람의 경험으로 부인될 경우에는 다중인격이 될 수 있다.

형광등

외출 후 돌아온 하늘이 온통 검다
나도 모르는 사이 언제
빛은 야금야금 죽어 가고 있었다
이만큼의 어둠이 그만큼의 밝음이라 믿었다
중독이거나 외면이었다

무릎 꿇고 기도한들
별은 뜨지 않으리라
아니다 별은 처음부터 없었다
속인 것도 속은 것도 나다

사다리도 들일 수 없는 정월의 늙은 하늘에
분열을 다해 가는 태양이
너무 높게 걸렸다

침을 발라라

고갈된 난자
맘이 더 이상 고이지 않는 가랑이를 벌려 다가가기란
여간 힘든 일이 아니었다
네 안으로 갈 수 있는 길이라면
침이라도 발라야 했다
그리움의 독을 박박 긁어
여름 한낮 운동장에 날리는 흙먼지처럼 목이 타도록 침을
발랐다

달거리를 잃은 여인네는
전설 같은 오르가슴의 기억을 잡고 밤새 허리를 꼬며 안
달하였으나
마른 가슴을 하고는
내 어느 하나도 옳게 맛볼 수 없는 일이었다

등 돌려 누운 여인아

그 밤. 네 맘 언저리를 돌며 적셔 주던 것은 찍어 바른 내 침이었다

진작에 가진 몸 톡톡 털어 다 내주고도

가슴 방망이질치며 다시 옷 벗고 마주 서거들랑

허벅지를 꼬아 움켜쥐고 네 그리움의 간절한 침을 발라라

너에 진실에 침을 발라라

옥수수를 먹으며

옥수수를 먹는다. 애들 외가댁에서 삶아 보냈다. 애들 엄마란 여자가 쉼 없이 먹는다. 저러다 잠결에 얼마나 방귀를 뀌어 댈까. 무슨 과일을 좋아하느냐는 물음에 옥수수라 했다. 밴드마스터인지 건달이었는지 둘 다였는지 한 사내를 만나 여자가 되고 그의 씨를 받고. 어린 산모의 무더운 여름날 그 깡패의 엄마는 많이도 삶아 주셨다. 그놈을 찾아 나섰다. 당구장 몇 군데를 돌아 겨우 찾아냈다. 순간 이건 아니다 싶었다. 그 길로 돌아와 빨래를 걷어 개켜 놓고 집을 나왔다. 예정일이 20일도 남지 않았다. 중절은 말도 안 되고 유도분만도 안 된단다. 산파를 찾아갔다. 죽어도 좋다는 각서를 쓰고 가랑이를 찢었다. 아니 몹쓸 시간을 끄집어냈다. 아이 얼굴도 보지 않았다. 부정된 시간들이 먼 어느 나라로 팔려 간 건지 손 없는 어느 집으로 건네졌는지는 알 길이 없다. 몹쓸 놈을 그리 보냈다. 그게 끝이었다. 옥수수를 먹는다. 한 알 한 알 손으로 떼어서 천천히 씹어 먹는다. 그녀의 표정을 잊을 수가 없다. 여름이 오고 어디선가 또 옥수수를 먹고 있겠지. 독

한 년. 불쌍한 년. 뭉뚱그려 우물거리는 몇 알 중에는 내가 있으리라. 애들 엄마가 옥수수를 먹는다. 참 행복한 표정이다. 티브이 음악프로그램에서 기름 챙이 같은 머슴 아들이 나온다. 몹시도 까분다. 그걸 보면서 한 알 한 알 옥수수를 씹으며 참 행복하게 웃는다. 이 여자의 기억 속에 웃음은 무슨 맛일지 알 길이 없다. 옥수수를 먹는다. 누군들 기억의 식도락이야 없겠냐마는 한 알 한 알 각인된 차진 시간의 미각을 떠올릴 여유도 시간도 없다. 그냥 덥석 깨물어서, 있으니까 먹는다. 주니까 먹는다. 잘 말려서 대나무 막대를 꼽아 다락 손잡이에 매달아 놓았던 할아버지의 등긁개만 생각난다. 때로는 알면서도 스쳐 버려야 하는 시간이라는 포기의 약도 유용하다. 이 여름 가난한 걸인의 잊힌 미각이 되어 옥수수를 먹는다.

사양 꿀

낡은 도꼬리를 걸치고 길을 나선다
늘어진 주머니 안에서 나를 꼼지락거려도
네게 내줄 것이 없다

고래 그물이 되어 버린 가난의 주머니

오늘로 돌아와 도꼬리를 벗는데
절망과 포기의 그물 칸칸에서
뚝뚝 떨어지는
눈과 코와 입술과 잔잔한 웃음

바랄 것 없이 내게 채워
살아, 봄 햇살 아래 서게 했던
그해 내 검은 겨울 안의
너

봄을 잡고 엉엉 웃다

유폐의 골방 안
널을 두드리는 너를 잡고
너무도 고마워 엉엉 웃는다
거짓말처럼 정말로 웃는다
문풍지를 넘나들던 시린 달빛이
서럽게 웃는다
심장에 고이는 새 피의 움
설레 봤자 꽃까지 피우겠나
피어 봤자 열매까지 맺히겠나
주제넘은 욕심을 용서하거라
숨이 멎고 문을 닫고 골방 구석으로
시간의 바퀴에서 먼지처럼 쫓겨나더라도
오늘 하루는 엉엉 웃어야겠다

너의 맨발

신을 벗고
맨발을 내어밀며
싱겁게 웃기는…….

업혀!
네 고된 속살
다시는 누구에게도
보이지 마

열 발톱 남김없이 내주고 나서
야위었든 부어 있든
넌 나의 처녀
두 번 다시 아무에게
보이지 마

비아그라

앞뒤가 어딨더냐
치여 죽고
받혀 죽고
목매달다 빠져 죽고
속이 터져 죽는 세상

쑤셔 박고 고꾸라져
염통이 찢겨진 단말마라도
뜬구름 한생 끝나는 길이
그만하면 훌륭하지

콜라주

빈 밥통의 냉기가 후려치는 뒤통수가 창피해
커피 한 잔 서둘러 타서 방으로 돌아왔는데
영등포 역사 계단 칸칸이 널브러진 화분
잎도 꽃도 멀쩡해 보였지만
에둘러 혀를 차던

라꾸라꾸에 누워 내놓았던 코마저 덮어쓰면
어둠이 노래지고 날숨이 더 편해지는
항아리 안에 웅크렸거나
가야산正角山 상에 석가래 같았던
뼈다귀

재떨이에 꽁초를 혓바닥이 갈라지도록
쪼옥 쪼옥 빨려 나온 유폐의 골방

은전銀錢을 받던 행복한

사내

오죽하면 망각을 기억 위에 오려 붙이랴만

유다의 새벽처럼 운명 같은 것일 수도 있어

독 안에 재워 둔 땡감 같은

배뇨통排尿痛

자지가 아프다
간밤에 내 안에 어디가 녹아내렸으면
오줌길이 이리 오지게도 매운 거냐
아니다
무엇이건대
녹아들지 못하고 어설피 부서진 사금파리냐
대수던가,
간장이 뭉텅 녹았든
다 녹아서도 녹일 수 없었던 모진 것이든
네가 긁고 빠져나가는 내 마지막 창자가
많이 아프다

비 나리는 호남선

호남선에 오르면
비릿한 짠내
달려온 길 하 모질어
기차까지 염장이 되었다나

충청도 멀떡국을 태운 자반 속
목포발 차창에 비가 뿌려도
잠든 사내의 굵은 고랑에서
뚝뚝 떨어지는 고염苦鹽

쓸쓸한 단상

일요일 한가한 텔레비전 전국 노래자랑
수태한 여자의 물오른 볼살이 아름답다
노래를 부른다
움 돋는 무지개의 싹이 풋풋하다
한 사내를 사랑하고 정을 나누고 그의 사람이 되고 애를
낳고
행복하다가
그리 얼마간은 행복도 모르고 행복하다가 어느 날
잘못된 것도 없이 외로움은 찾아오리라
삶은 특별히 아름다울 것도 없이
무료하게 흘러 버린 일요일 낮잠과 같은 거라고
애써 비우려 할 때에야
가진 것 없는 빈손임을 알게 되리라

참 부질없는 초가을 바람 한 줄

여자의 노래 끝에 실려 와

내 사랑도 쓸쓸하리라더라

또다시 삼생을 돌다
또다시 누구와 마주 서 본들
또다시 이토록 쓸쓸할까만,

냉정도 따뜻해져 쌓이지 못하고
밤사이 혼자만 먼 길 나섰다

봄눈

넷 :

하
얀
밤

나의 팬터마임pantomime

저기는 여기를 바라보던
내가 있던 곳
여기는 저기에서 바라보던
내가 있는 곳

저 사내의 사랑과
요 사내의 사랑과
저 사내의 이별과
요 사내의 이별과
저 사내의 그리움과
요 사내의 그리움과

떠났다거나 떠나왔다거나
옳았다거나 그르다거나
저기건 여기건 부질없는, 이유理由.

섞일 수 없는 절대絕對의 선善

공중그네

햇살 좋은 강가
재생을 꿈꾸는 불량품들이
무표정하게 올라선 컨베이어 벨트

나는 벨트에서 담담하게 퉁겨져
겨울의 침묵 속으로 추락하였다

허공을 딛고 거꾸로 매달려 내일을 흔들던
그 허망했던 그네에서 떨어져
자폐의 오늘을 걷는데

나를 잡고 거꾸로 매달려
마지막 절망의 끝에 흔들리는 포물선
유령 같은 내 미련의 그림자

고독苦獨 21

길을 걷는데 바람이 분다

바람은 형체 없는 내 몸을 관통하며

이내 만 갈래로 흩어진다

무형 인간

오늘이, 탈피를 마친 나비처럼 건공乾空에 떠서

내가 떠나온 내일의 껍질을 바라본다

바람은 불고

높이 솟구치지도 못하는 문門,

마르지 않는 고단한 날개.

돌도 아프다

가을 무렵 냇가에 서성이던 바람
나를 밟고 저편으로 건너가랬지
그렇게 저편으로 건너갔거니

인적 끊긴 겨울 냇가에 밤이 깊으면
흐르던 물이 얼고 언 물도 말라
쓸모없는 디딤돌

돌도 저편을 보면 바람처럼 아프다
건너며 비운 배반의 전이轉移
돌도 배반만큼 아프다

고독苦獨 22
— 빛의 관棺

방문을 열면
원귀처럼 몰려나와
어둠의 끈으로 염습하는
내 배반의 비명,
빛의 사치

포식기생충捕食寄生蟲

제기랄,
죽을 만큼도 못 되고
옅은 멀미처럼 울렁거리는
등짝에 달라붙은 딱 담만큼
산목숨 값 떨어지게 하는 통증이지

내 심장 검은 각혈로 쩍 벌어져 바람이 되어야
젖은 날개를 펴 훨훨 날아가 버릴
내 안의 포식기생충,
고독孤獨.

환換

　　　　　　　　　　　　　　　　　　　*

담배포를 지나쳤다
집에 와 확인한 것은
빈 갑
늘 그랬다.
어느 구석 남겨진 것이 있을 거라는 믿음,

재떨이에 꽁초를 골라 반 푼의 자각을 태워 버린다
필터까지 빨아 삼킨들 목젖에도 닿지 않는 포기
나고 죽음, 별것 아닌 끝이 또 오늘을 앞섰다
물 위로 바람이 걷는 소리를 듣는다

세심정洗心亭*에서

막걸리가 배꼽에 닿이기 전에
어둠은 서둘러 잔에 차는데
건넬 이 없는 술잔을 내려놓아야
물이 되고 바람이 되고 구름이 될까

너와 나의 눈빛은 아직 푸르나
이 가을은 두 번 다시 오지 않으리
귀엣말 같은 달콤한 다짐
부질없노니 모두 씻기리라

* 세심정: 충북 보은군 속리산 내.

고독苦獨 20

죽는다 하였더니

가난은 각혈도 없는 헛기침이다

굳은살이 되어 버린 유폐幽閉의 자학自虐은

더는 아프지 않다

오, 불행한 마조히스트

무엇으로 찢고 지져야

오글거리는 쾌감을 맛볼 수 있는가

내일의 태양을 거죽을 벗기고

끓는 알맹이를 삼켜 막창 어디쯤 닿으면

황홀한 아픔의 마지막이 될까

봉침

땡끼벌에 쏘인 손가락이 푸르딩딩 부었다
조곤조곤 아픔이 반갑게 달다

꼴리지 않는 내 거시기는
배반의 자침自鍼에 길든
절망의 내성耐性

장수말벌 같은 누구,
빈 들의 무너진 햇살에 매달린
희아리 같은 오늘의 굳은 정수리에
욱신욱신 숨이 멎을
침 한 방만 다오

고독苦獨 19

술은 돌짝

돌짝 몇 덩이를 덜컥 삼켜 버린 오늘

섬유화된 검은 허파가 찌그러졌다

막다른 끝에 웅크려 호박琥珀이 되어 가던 것들

에두르지 않고 터져 나온다

휴우……

접시굽

해거름의 설거지
그릇의 굽마다 때가 절었다
생각하니 나고 죽는 한생이
접시에 담긴 물보다 나을 게 없는데
별것도 아닌 것을 담아내면서
야금야금 욕심의 더께만 쌓아 놓았나
외면의 그림자를 달갑게 받치던
이제야 내 너의 굽을 닦는다

음지식물陰地植物

밤을 나서면

만만하던 포만은 음습한 염세厭世의 검은 피

사지 없는 몸뚱이로 까불대던 서 푼의 자해

석비레 같이 흩어지는 누런 낮이여

냉정한 역광의 어둠이여

햇살 아래에 나서면 알게 되는

아, 이 허접한 삼류三類

별 볼 일 없는 남자

더는 별을 딸 수가 없는 사내는
별수 없이 별이 되기를

비겁한 자학의 부싯돌을 두드리나
무력한 발광發狂은
심지 끝에 닿지도 못하고

별 볼 일 없는 사내는
새벽이 오면 이불 속으로 숨어들어
올 날의 빚償이 되었다

고독苦獨 18

물이 말라 가는 오아시스
어둠이 던져 준 이슬에 난 또 살았노라
반갑지 않은 일출이여!
반성反成의 해는 기울 줄도 몰랐거니
땀구녕을 막아선 누구
내 외면을 탓하지도 못하는
꿈.

고독苦獨 17

울 안이 독이다
독 안에 가득 담긴 소금물
그 어둠 밑바닥에 웅크린 메주여
빛과 공기와 세균의 간섭과 미련으로부터 단절되어
단단하던 교만의 틀을 풀어헤치며 간장이 되거니
뜬 것도 날것도 진저리치도록 짜다

자전거

늘어진 체인으로 엮어진
두 바퀴

나는 행복한가
너도 불행하다

마이어*가 옳다면
내 헛바퀴의 고집을 먹고
따뜻한 피와 살을 찌우는 이
어딘가엔 있겠지만,

내리지도 못하고

내려서지 못하고

덜거덩 덜거덩 굴러가는
개 같은 달관

* 마이어(Julius Robert von Mayer, 1814~1878): 독일의 의사·물리학자. 에너지보존
의 법칙 발견.

넷_ 하얀 밤 · 151

고독苦獨 14

숨 가쁘게 쫓아도
끝은 끝을 앞섰지

원초적 자양분을 끊고
부질없는 탐닉의 뿌리를 자르고
추락의 욕망에서 명쾌히 단절하는
덧없는 고사枯死

외로운 불면不眠을 안고 쓸쓸히 굴리는
자해自害의 염주

호적번호 00994□ □ □9

기니피그[*]가 되겠다는
동의서를 쓰고 받은
병록번호 00994□ □ □9

저승꽃이 피고
새우등이 될 때까지
내 이름은
00994□ □ □9

어쩌면,
미리 받은 저승의 호적
병록번호 0099□ □ □9

* 기니피그(Guineapig): 쥐와 비슷하며 페루가 원산지. 생물학, 의학의 실험동물로 널리 사용된다. 속칭은 '모르모트'이다.

현상범懸賞犯

허기에 지쳐 선술집의 문을 밀쳤을 때, 때 절은 벽지 한 구석에 싸늘한 미소 하나. 대포잔의 차가움은 비울수록 더해만 가고, 풀려 몽롱해진 의식 안에서 자꾸만 살아나는 너의 흰자위. 지게미를 비울 용기도 없이 떨리는 손 추스르며 황망히 돌아서야 했던 것이 지독스런 탄炭내음 때문인 듯도 하였지만, 종종걸음의 뒤통수로 갈까마귀 아우성 같은 너의 웃음은 쏟아지고.

고독苦獨

날씨가 참 푹하다 한들
얼마나 푹하겠는가
겨울은 아직 여물지도 않은
지금.

고독苦獨 12

어둠의 끝을 헤집는
집요한 절망이여
빛의 초점에 웅크린
찰진 반동反動이여

추락의 뿌리도
허풍의 가시도
망망 우주 어느 끝의
먼지 같은,

먼지 끝 벼랑을 잡고 선
아카시아,
가난한 향기올시다

바람 그리기

어차피

세월의 숙주宿主로 한 몸 내어줘야

불어올 바람인걸요

다 내어주고

남은 이름 석 자

쭉정이까지 바스러지는 날

그때야 나는 바람이 될 거예요

누구 때문도 아니었어요

탁발

부황 든 오늘에
지난 울력은 부질없느니
동안거의 수행이란 거짓이라 했다

무엇을 담아 먼 길을 나서나
바랑을 앞에 놓고
눈물이 났다

식은 감자 세 덩이를
챙겨 넣으며
또 울었다

살갑던 좁은 뜰에 눈이 쌓인 날

빈 망태 짊어지고 헤진 앞섶 여며 잡고
길을 나선다

한 몸뚱이 누울 곳 없는 어제의 문을 닫고
터벅터벅 구걸의 머언 길을 나선다

고독苦獨 16

한 해의 끝 무렵 오늘은
지친 하늘이 웅크리었다
나는 내 감각의 모든 현실을 돌돌 말고
빈 기억의 끝자락에
공처럼 웅크리었다

그대
존재의 모든 달콤함이여
이 지겨운 통곡에 귀를 막고
초췌한 걸인의 동사凍死한 시체와 마주하라

불필요不必要는 당연히 회귀回歸하였거니
보아라
사내는 공처럼 말려 얼어 죽었다

비아냥의 침을 뱉고 조롱의 발길질로

해동의 어설픈 기대를 막아서라
유리遊離된 영혼까지
실없는 농담처럼 토닥일 일이겠나

사내야
실패한 타협의 모든 냉정으로부터
제발 철저히 죽거라

고독苦獨 15

내 밖의 내가 보일까 하여,
마주 서지만
욕심이 깊을수록
안으로 안으로 달아나 버리는
껍질뿐인 알몸
잡을 수 없는 그림자

내가 내 안으로 달려가고
내가 내 안으로 달려가는
나와 나의 뻔뻔한 대면

마주 선 두 거울의 무한반사
아편 같은 자학自虐의 끝없는 교차交叉여

꽁치를 먹으며

기억의 봉분을 헐고
썩은 살점을 헤집어 검은 뼈다귀를 골라내마
누가 나를 안아 차진 눈물 속에 가두었더냐
나는 누구의 입안에 머뭇거리다 잊혀지던가

먼 바다의 파도가 전설 같은 피로 나를 낳고
앞선 이별의 주검을 밟으며 터벅터벅 떠나간다

눈발이 희끗거리는 식은 밥상
가난 앞에 마주 선 생경한 비릿함이여
염치없이 너를 안고
뻔뻔한 멀미를 하자

이명耳鳴

내 육신을 절구질하였구나
밤새도록 조각낸 뼈마디
충실히 물어 날랐을 배반의 개미떼
멈추지 않는
사신死神의 추임새여

붕어빵

다버릴수없다면버리기를꿈꾸지마라다버렸어도버리기를
꿈꾸지마라통속의사랑이라던뱀도시간앞엔허물을벗고기
억한점없이떠나갔다가고남은몫은겁많은패배자들의추억
이란망토였다너는누구의가슴에또아리를틀고배반의긴겨
울을살기위한동면이라하겠느냐나는살란다겨울끝허기의
철없는마지막유언이될지언정잠들지않으련다한계절간절
한목숨이라도기억될길이라면다태우고남은껍질로초췌하
게라도죽어봄햇살바람앞에당당한망각이되련다너는누구
냐나는너의누구냐네가옳아도옳은게아니다배고프지않은
사랑이허기를어찌알겠나일탈의단맛으로마주한별미라지
만벌거벗고널기다리는사랑도있다나는동면을거부한미친
뱀의진실에겁탈당한절대의추위로널기다린다내곁에이미
없고도내온기를기억하는넌도대체누구냐

홍합을 먹으며

이별의 빈 포장마차에서 홍합을 먹는다
고집스레 허망한 껍질을 단단히 여민 놈
네 기억 어디쯤에는 문어의 빨판이 있음을 믿으마

내 욕심으로 의미가 되고서야
잊힌 연체동물의 추억을 떠올렸구나

바다야,
떠나 버린 네 껍질을 잡고 서서
바람 찬 가을밤을
서럽게 걷는다

권태스런 외로움

목마르지 않고도 살 수 있어
그냥 와서 그냥 가는 길이라고
참 쉽지?

외로움의 껍질 속에 웅크린 일상의 권태
갈증의 도발
한 알 털어 꿀꺽 마시고 나면

목마르지 않고 살아간들
그 삶이 그 삶이겠지라고
참 쉽지!

나의 살해殺害

깊은 밤의 벼랑 끝
눈을 감고 서서
내 생의 마지막이 될 깊은숨을 맘껏 들이마시다,
어느 순간 미련 없이 몸을 던졌다

아! 나는 추락하고 있는 것이다
기억의 영사기가 빠르게 돌아가며
보잘것없는 한생의 시간을
되감아 온다

너의 모든 배반으로부터 담담하게
추락하였으나
토악질이 나도록 빙빙 돌며 추락하고 있으나
추락은 깊어져도 벼랑은 멀어지지 않는다

이쯤에선 닿아야 한다
천길 물구덩이든 갈라진 바위틈이든

부질없는 인연 원 없이 발가벗을 바닥,
영원의 끝.

배고프거나 심심하거나 간절하지 않아도 좋은
산짐승 물고기 모두 모여
주름마다 기름 범벅인 굳은 골을 파먹고
설레임도 없는 심장의 둔탁한 박동을
조롱의 이빨로 장난처럼 물어뜯어라

제길,
이별은 무한궤도에 던져진 추락 안에서
쭉정이뿐인 나의 살해를 쉼 없이 복제하고 있었다

고독苦獨 13

섬 어디,
웅크린 어깨 위로도
달이 돋았다

아라비아 해의 어느 구석인지
남태평양 어디쯤
어느 바다
그곳에, 버려진 이름.

너절한 가난의 섬에 시름없이 달이 돋고
재활용의 쓰레기통 헤집어
배반의 꿈을 서성이는

유폐幽閉된 사내의 쓸쓸한 까치발

늙은 호박

정월 천변의 호박 한 덩이
햇살과 바람을 꾀어 웅크리었다

그리움 깊어
눈물에 갑옷 입혀 보듬어 안고
통곡할 내일을 기다렸더니

무된서리 지나 눈발도 쌓여 녹고
인연의 넝쿨 말라 어둠의 별빛까지 다하였어도
변태變態의 꿈은 오지 않았다

썩어 아무것도 되지 않아, 옳을.
늙은 갑각류여

벚꽃

아직은 지지 마라

지난 햇살 안고 꽃이 되었으나

네 질 곳까지 그 하늘을 안으랴

통째로 뽑아 내 가슴에 옮겨 놓거든

뿌리든, 날리든

내 안에서만 너는 져라

진 후에야 내게 올 사랑이었다면

나 기꺼이

해진 양탄자 같은 그림자라도 깔아 놓고

반가운 죽음을 맞아 울리라

고독苦獨 11

허기虛氣의 포식飽食입니다

그 샘의 물을 길어

그 밭의 알곡으로 밥을 짓고

그 산의 푸성귀를 무쳐

그 바다의 생선을 낚아 굽고

그 하늘을 담아 국을 끓이는

아귀도餓鬼道에서 즐기는 혼자만의 만찬晩餐입니다

고독苦獨 10

별을 본다
억수 광년 전 나선 사내
새벽 장독대 물그릇에 이슬로 담겨
신기루처럼 잊고 섰더니
허상같이 낮을 태우고
빛 먼지도 남김없이 다 태우고
소주로 삿갓을 쓰고 앉아
별을 본다
온 곳도 갈 곳도 없는 끝.
사내는 없다

봄눈

또다시 삼생을 돌다
또다시 누구와 마주 서 본들
또다시 이토록 쓸쓸할까만,

냉정도 따뜻해져 쌓이지 못하고
밤사이 혼자만 먼 길 나섰다

고독苦獨 9

빙산氷山은 일각一角이 아니었다
뿌리도 없이 잘려 나온 섬이 되어 있었다
혹은 줄이 잘린 연鳶이 되어 있었다
닿을 곳 없이 떠다니다가,

캐럴이 웅성이는 밤거리.
제니스 조플린*과 팔짱을 끼고
놈을 꼬드기러 나섰다
그녀의 짧은 생보다도 20년은 더 살고 있으니
모자랄 것 없이 베푼 셈인데
취해서 적당히 버려도 너그러울 일을
하지 못한다

아귀餓鬼같은 놈.

섬이 된 놈은 그녀와 나를 연鳶 위에 매달아

침침한 곳간에 던져 버렸다

---

* 제니스 조플린(Janis Lyn Joplin, 1943. 1. 19 ~ 1970. 10. 4)：미국，로커．*Piece Of My Heart. Summertime.* 1995년 로큰롤 명예의 전당.

고독苦獨 6

하나가 될 수 있는 것은 하나
나.
하나가 된다는 것은 하나
나.

빙하 속 전설의 맘모스 같이 꽁꽁 가둔들
별 빛 한 올, 붙잡아 내게 둘 수 없는
끝없는 허기의 풀 수 없는 매듭

나에 나

가을에

눈이 올게다

온 계절 다독여 왔던 헛된 정열들.
그 싸늘한 무상 앞엔 침묵하리라

박제된 기다림. 이 허무를,
마침내 깨워 주리니

개망초. 솟대 된 주검 위로.

나플 나플 흰 눈이 내려올게다.

석류

내가 죽어
육신의 옷 벗어던지면
그때야 알게 되시려나
얼마나 그리워했었는지
서러운 속울음들
어떻게 다독이며 살아왔는지

차라리 기쁨이라
저미어 놓은 눈물망울
내가 당신으로 옷 벗게 되는 날
그때는 알게 되시리라

고독苦獨 7

끝 모를 허기여

삶의 제단에 던져지는
견고한 열병의 사슬이여

아,
멈출 수 없는 자해의 염주

야금야금 나를 버리는
탐욕의 우로보로스*여

* 우로보로스: (그리스)꼬리를 무는 자, 뱀이나 용이 자신의 꼬리를 물고 삼키는 원형
을 이룬 모습.

촛불 앞에서

빈방에 켜진 촛불 앞에 앉아
내 삶의 심지에 붙은 시간의 불꽃은
얼마큼이나 탔고, 남아 있는지

누구든,
제 몫의 크기만큼 밝히고 나면
흘러내린 촛농만큼 기억되리라고

부디 온전히 타오르기를
한 방울의 촛농도 흔적 되어 남음이 없도록
내가 밝힌 이 유희의 찰나들이

누구의 가슴에도 추억되지 않을 만큼
온전히 사라지는 소풍*이 되기를

* 소풍: 천상병 시인의 시

또 한 권의 시집을 엮으며

    첫 시집 『너의 끈』을 내는 서두에, "기회가 되면 나의 시를 함께하는 날이 있기를 소망한다." 했습니다. 그리고 2년이 흘러 다시 또 한 권의 시집을 엮으면서 '별것도 아닌 허접쓰레기 같은 글'을 두고 참으로 오만하였음이 뼈저리게 합니다.

    나는 스스로 현실의 무명 '삼류시인'이고 그런 나의 시는 누군가의 삶의 지표가 되지 못할뿐더러 '우울 유발자'임을 늘 되뇌며 지내 왔습니다. 하지만 시인으로 살고자 한 지난 시간의 진실함이 증명받아, 단 한 사람 독자의 가슴에라도 나의 '목 놓은 울음'이 올곧게 닿을 수 있기를 바랐습니다. 그런 우울 유발자 삼류시인이지만, 두 번째의 시집을 엮으면서는 '남들 다 하는 〈시평〉 정도는 함께 수록해야 옳지 않겠는가?'라는 짧은 망설임을 가졌던 것이 사실입니다.

또 다른 한편으로 생각해 보면, 〈시평〉을 수록함으로써 처음 시집을 선택하거나 읽으시는 독자의 판단과 이해에 도움이 되리라는 생각도 했었고요. 하지만, 내가 내린 명쾌한 결론은 '나답게 하자'였습니다.

나의 시는 친절하지 못합니다. 그 오만의 정도는 〈술 한 잔〉을 지나 〈하얀 밤〉에 이르러서 확연하게 드러납니다. 어찌 보면 혼자서 읊은 염불이나 경구 같습니다. 그런 사정이니 독자와 쉽게 소통하지 못하는 것이 당연하기도 합니다. 하지만 보세요. 결국, 시인으로 살아간다는 것은 존재의 끝을 묻는 수행자의 길과 다를 것이 없다고 생각합니다. 그러니 좀 더 깊게 좀 더 멀리 사색하고 고민하고 끝 모를 끝을 향해 나아가는 것이 진리에 가까워지는 길이고 그것이 시인으로 살아가는 가장 아름다운 모습이라고 믿습니다.

어차피 친절하지도 못하고 대중적 인지도도 없는 삼류시인의 허접쓰레기 같은 시를 놓고, 나의 현실적 삶의 위치와 사고의 방향에 대해 이해가 없는 제삼자가 나서 섣부르게 해체하고 조잡한 유추를 하며 남의 다리를 긁는 것 같은 해석을 풀어 놓는 것이라면, 오히려 독자 개개인의 경험에서 맛보게 될 감정적 공감대에 방해가 되리라는 생각을 했습니다. 그래서 첫 시집과 마찬가지로 이번에도 〈시평〉을 싣

지 않기로 했습니다. 그런 나의 마음을 시작 메모로 대신하며, 독자 여러분의 몫으로 남겨 둡니다.

또 한 권의 시집을 엮을 수 있도록 발간에 함께 해 주신 'Min's Housing'의 민병헌 큰 매형과, 관심과 격려를 보내 주신 서울의 이세림 님, 검단의 김헌종 님, 수필가 김임영 선생님, 수원의 송숙경 님, 대구의 김해숙 님, 커피화가 초난 성백란 선생님, 무용 김동일 처사님, 청주 '비 파인 에스테틱'의 김미영 원장님, 심은희 님을 비롯한 한울타리 회원님들, 김기영, 양기준, 안승환 님 외 DHC회와 북진회 친구님들, 거제의 윤영수 님을 비롯한 모든 독자 여러분께 감사의 말씀 올립니다.

내가 그 누구에게건 차용되는 것을 원치 않는다.

내가 걸어온 길,

흘린 눈물. 웃음. 고통. 광기. 절망. 슬픔. 분노.

실망과 희망. 한숨과 낙담. 사랑과 이별…….

그 모든 시간의 흔적들이 해체되고 조합되고

포장되는 것을 원치 않는다.

취재의 목적대로 인터뷰의 앞뒤가 잘려

그 필요의 부속으로 전락하는 것을 원치 않는다.

쓰건 달건, 내 안에서 나와 내가 만든 내 기도의 발자국.

누구의 간섭도 없이 함께하다,

석양과 함께 사라지는 그림자처럼 한 몸으로 거두고 싶다.

누구건, 어떤 이유에서건,

바람 같은 시간을 토막 내 차용하는 것을 원치 않는다.

사랑하는 어머니,

이달수 여사께 이 책을 바칩니다.